生而自由系列

BORN FREE

拯救猩猩

感動人心的真實故事

Chimp Rescue

A True Story

潔西‧弗倫斯（Jess French）◎作者

羅金純 ◎譯者

晨星出版

前言

嗨，大家好！

由於大象、老虎、犀牛和海豚的悲劇屢見不鮮，有時候我們似乎因此忽略了小型動物的遭遇，但這並不代表牠們就不受人類各種威脅所影響。相反地，**生而**  **自由基金會**關懷所有動物，不管是什麼物種，也不論是何種體型大小，牠們都應擁有與生俱來的生存權。

我們的故事得從五十年前我與先夫比爾‧崔佛斯

（Bill Travers）到肯亞（Kenya）拍攝電影〈獅子與我〉（*Born Free*）時說起。該電影改編自作者喬伊‧亞當森（Joy Adamson）的同名書，內容敘述喬伊和丈夫喬治與一隻孤苦無依的幼獅愛爾莎（Elsa）之間的特殊情緣，他們養育她，最後訓練她重返荒野獨立生活，成為一頭野生獅子。這是一個相當了不起的成就，特別令人驚奇的是，愛爾莎在野放之後仍和她的人類朋友們保持親密的互動，常常去找他們，最後還帶著她在野外出生的三隻幼獅和他們相見歡。

和亞當森夫婦與數隻獅子（沒有一頭是「受訓」過的）合作的經驗在比爾和我的心中留下了難以抹滅的印象，也改變了我們的一生。我們在一九八四年和大兒子威爾（Will）共同創立了自己的慈善團體「監督動物園（Zoo Check）」，堅信野生動物有權過著自由自在的野外生活，不該成為人類囚禁或剝削的對象。

一九九一年我們將其更名為「**生而自由基金會**（Born Free Foundation）」，秉持著相同理念，並將任務擴及至

野生動物的保護、「地球之友（Global Friends）」教育課程、拯救與關照各種動物、以及禁止狩獵的提倡。

　　本故事的主角是一隻可愛迷人的小猩猩。黑猩猩和人類在構造上最接近是不爭的事實，牠們也和人類一樣有著豐富的情感，也會感到寂寞、喜悅、恐懼，並且族群關係緊密。所以，當你在讀猩寶（Chinoise）的故事時，你將可以對她的喜怒哀樂感同身受。現在仍有許多脆弱的小猩猩等待我們的幫助，希望發生在這隻美麗、惹人憐愛的動物身上的故事也能像感動我一樣觸動你的心。

演員兼生而自由基金會創辦人之受託人
維吉妮亞・麥肯納（Virginia McKenna）

世界各地的生而自由組織

動物福祉的捍衛

生而自由基金會揭發動物受苦的真相，全力解決動物受虐問題。

野生動物的救援

生而自由基金會創建並支援眾多野生動物救援中心。

加拿大

美國

英國

南美洲

動物保育

生而自由基金會矢志保育自然棲
息地的野生動物。

社區教育

生而自由基金會與社區密切合作，
在當地落實我們所奧援的
專案計畫。

歐洲

中國

印度

越南

烏干達

喀麥隆

伊索比亞

剛果民主
共和國

肯亞

坦桑尼亞

斯里蘭卡

印尼

尚比亞

南非

馬拉威

本書是關於一隻年幼的黑猩猩「猩寶」的眞實故事。她出生在喀麥隆的叢林，但卻被迫離開家人，淪為招攬客人的賺錢工具。正當她幾乎陷入絕望之際，**生而自由基金會**所贊助的慈善機構成功將她救援出來，從此一切開始有了新的轉機。

猩寶 小檔案

- 出生於喀麥隆一處野生叢林
- 寇拉果是她的最愛
- 喜歡在池裡嬉戲，涼快一下
- 和同為黑猩猩孤兒的比莉 是最好的朋友
- 喜歡引人注意
- 喜歡同伴幫她梳理皮毛， 但卻不愛幫同伴清潔
- 討厭強光或吼叫聲

只要我出現，就表示學習
黑猩猩新知的時間到囉。

第 一 章

中非喀麥隆（Cameroon）蒼翠蓊鬱的叢林裡，一隻幼小的黑猩猩被母親摟在懷裡。猩寶睜大眼看著一群年輕的黑猩猩正在嬉鬧玩耍，也想要加入他們的行列，但自己只有幾個月大，還沒有力氣離開母親的身邊。

剛出生的黑猩猩，在未滿六個月前，凡事皆須仰賴母親的照料。猩猩媽媽扮演餵食、取暖和保護的角色。等到猩猩寶寶五至六個月大較有體力時，就能開始藉由抓住媽媽的皮毛騎在媽媽背上，跟著媽媽四處行動。

　　猩寶從原地一眼望去，可看見四隻黑猩猩排排坐，互相梳理毛髮的盛況。猩猩常會有汙泥、植物碎屑或小蟲子隱藏在皮毛裡，因此需要彼此幫忙清除。坐在最前頭的是猩寶的姊姊。只見她張開雙臂，讓後面的猩猩幫她撥開皮毛，用嘴叼出一隻小蟲子來。較年長的猩猩們必須輪流清

理彼此的毛髮，但猩寶幸運多了，她有媽媽每天幫她梳理得乾乾淨淨，也藉此增進親子之間的感情。

　　一群年輕黑猩猩依舊在樹上追逐打鬧，玩得不亦樂乎，有時跌撞在空曠處，開始在泥地上扭打起來。猩寶的

黑猩猩
屬於靈長目
中的「人科
（hominidae）」或
「大型猿（great apes）」，此科還包括
紅毛猩猩、大猩猩、侏儒黑猩猩和人類在
內。黑猩猩和所有的猿類一樣屬大型動物，沒
有尾巴，走路時手腳並用。黑猩猩飽受盜獵、森
林大量被砍伐和疾病的威脅，目前數量正在急遽
銳減當中，已經步入瀕臨絕種的危機。

其他族群成員早已遊蕩到另一處覓食，天黑前就會回來。成年的黑猩猩通常以樹葉和水果為主食，但有時候也會吃其他動物，從白蟻和甲蟲幼蟲，到鳥類、非洲野豬和猴子都可以成為他們的珍味佳餚。

他們也愛吃堅果和種子。當寇拉果（Coula nut）的產季來臨，猩寶一家族便能盡情享用美味的果實。他們會用石塊敲碎堅果，取出裡面的果仁食用。

學界曾一度認為人類是唯一有智慧使用工具的動物。不過現在已證實其他靈長類、一些鳥類和海豚也具有使用工具的能力。黑猩猩在許多情況下會利用工具輔助：

1. 引出螞蟻或白蟻：將樹枝插入螞蟻或白蟻的巢穴中，等螞蟻或白蟻大量沿著樹枝湧出時，便可以大快朵頤。
2. 喝水：利用海綿吸水的原理，將枯葉或青苔沾水後，放入嘴中吸出水分。
3. 敲碎堅果：把石塊或木頭當作槌子敲開堅果。
4. 捕獵其他動物：黑猩猩會分工合作集體捕獵如猴子、年幼的非洲野豬、非洲羚羊等動物。

猩寶已經到了該睡午覺的時候了，但怎麼也捨不得闔上眼。她喜歡看著較年長的黑猩猩將重重的石頭高舉過頭部，大力捶打寇拉果的一幕。猩寶大部分時間還喝著媽媽的奶水，不過媽媽偶爾也會讓她嚐嚐寇拉果的滋味。

黑猩猩
過著龐大的
族群生活，成員數
量可多達一百隻，通常
會分成小群體分頭覓食。族群
中有公有母，有老有少。
年幼的黑猩猩在未滿
七歲前都會跟隨著
母親一起行動。

黑猩猩具有地域性，公黑猩猩會經常巡視地盤的邊界，防止外來黑猩猩闖入。

一頭強壯的老黑猩猩手裡捧著一粒新鮮的寇拉果來到猩寶面前。猩寶滿是感激地從爸爸手中接過果實，一口塞進柔軟的嘴裡。她的父親是族群裡最強壯的黑猩猩，敲碎堅果的技能更是箇中翹楚。他每天都會花上幾小時的時間巡邏地盤邊界，確保族裡黑猩猩們的安全。

　　在填飽肚子後，猩寶再也抵擋不住睡意，輕輕闔上了雙眼。沒有哪裡比依偎在母親身旁更溫暖安全，她小小的粉紅雙手伸進媽媽的皮毛，沉沉地進入了夢鄉。

第 二 章

　　猩寶被突如其來的尖叫聲驚醒，只見族群裡的黑猩猩們瞬間全緊盯著聲音的方向瞧去。她不常聽到黑猩猩淒厲的叫聲，不過準沒好事。

　　猩寶聽到幾聲砰然巨響。母親急忙將她摟進懷裡，貼緊自己的肚皮，用毛茸茸的強壯雙臂

黑猩猩非常倚賴用發出的信號來表達情緒。最常見的鳴叫聲會在許多不同的社交行為中出現。例如，當一隻黑猩猩找到食物想邀請同伴分享時，會發出咕嚕聲，以示對較高位階黑猩猩們的尊重。驚訝或慌張時會轉為高調的鳴叫聲。猩猩寶寶想要母親抱時，則會發出低鳴聲。當黑猩猩處於緊張壓力或恐懼害怕的狀態時，則會發出遠播數哩的嘶叫聲。

「盜獵」指的
是非法狩獵或獵殺野生
動物。在非洲各地，盜獵者
專門獵殺猩猩來食用，
或砍下牠們的頭、手和
腳，作為幸運物或用在
傳統藥方中。盜獵者殺害
黑猩猩最常見的方式是槍
擊，不過有些也會利用陷
阱、長矛和魚叉達到獵殺
目的。

　　保護她。猩寶心想大事不妙——連她的父親看上去也是一臉驚恐。此刻一群人匆匆闖進了林間空地，手裡各持著一把黑亮的東西。

　　猩寶一家族嚇得四處逃竄。猩寶把臉埋進母親的皮毛裡，小小的雙手緊緊抓著她。不料突然砰的一聲，母親瞬

間倒地。猩寶完全
狀況外，頭仍舊抬
也不抬。她知道只
要自己緊緊黏著母
親，一定能安然度
過。她閉上眼睛，
把頭貼得更近。

知識
小檔案

盜獵者通常只會獵殺成年黑猩猩。黑猩猩寶寶
因為太小而沒有食用價值，因此留活口反而較
有利可圖。盜獵者會將黑猩猩寶寶帶離叢林，
轉賣給他人當寵物。

第 三 章

　　猩寶睜開眼睛，發現自己已不在母親身邊，而是孤零零地困在麻布袋裡。她連聲呼喊著媽媽，但卻沒有得到任何回應。她開始驚慌失措，拚命想掙脫出來。此時一個人類冷不防對著不斷扭動掙扎的猩寶踢了一腳，重重擊在她的肚子上。她立刻停

被送往寵物市場的黑猩猩寶寶中，大約只有十分之一的存活機率，其餘的十分之九則早在運送過程中即不幸死亡。

止掙扎，默默忍著痛低聲嗚咽。

　　麻布袋的味道詭異莫名，讓猩寶感到惶恐至極。

　　她不知道自己睡了多久，此時已分不清白天或黑夜。四周充滿著各種奇怪的聲響，但卻聽不見太陽鳥啁啾或貓頭鷹迎接清晨的嗚嗚啼鳴。猩寶好想抱著媽媽，一起擠在睡窩度過每個夜晚，可是她卻不見蹤影。

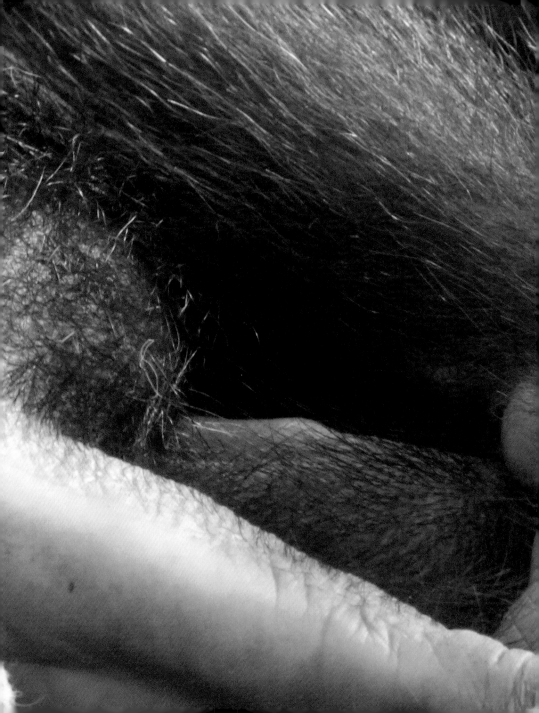

猩寶的雙耳充斥著人類市集裡莫名的喧鬧聲。此刻的杜阿拉（Douala）市區正值午後時分。人潮在亮晃晃的蔬果堆之間穿梭，攤販們扯著嗓門奮力叫賣，誰也不讓誰。一群青少年在一台鏽跡斑斑的老廂型車裡播放著庸俗的音樂，目不轉睛盯著一個又一個穿著五彩繽紛裙裝的女子從眼前川流而過。空氣中夾雜著肉的腥味與刺鼻的煙味。這裡竟是非法販賣黑猩猩寶寶和叢林肉之地。

野生黑猩猩具有每晚在樹上築睡窩的習性。牠們會先舖上厚厚一層樹枝床墊，接著再參雜柔軟的樹葉和小枝條。較年長的黑猩猩通常獨自睡一個窩，猩猩寶寶則是和母親同睡，直到有能力自行築窩為止。

不久，裝著猩寶的麻布袋被拖到了市集的另一處，猩寶的身體被地上的石子磨得青一塊紫一塊，她終於再度安靜下來。此刻四周圍繞著更多聲響：鸚鵡的嘎叫聲、狗兒的吠叫和猴子的吱吱聲交雜其中。但這一切聽起來又不像是來自叢林的聲音，猩寶被搞糊塗了。她從沒有離開過母親的身邊，更還不到學習獨立謀生的年紀。

「叢林肉」指的是直闖熱帶野生
棲地捕殺野生動物所做成的食用肉。
販賣如黑猩猩等瀕臨絕種的動物
屬於違法的行為，但仍層出不窮。

布袋瞬間被扯開來，只見一個女人將手伸進去，一把拎住猩寶的脖子，將她從袋裡拉出來。猩寶瞪著驚恐的大眼張望著四周，絡繹不絕的人潮宛如群蟻傾巢而出般將一排排的攤位擠得水洩不通。

猩寶還來不及好好看清眼前的一切，就已經被塞進餐廳老闆娘的懷裡。這是她第一次這麼近距離看人類。對方有著一張圓圓的臉和一頭長髮，沒什麼肌肉，身上還包著布料。

黑猩猩寶寶
在五歲前仍很依
賴媽媽。野生黑猩
猩甚至在滿一歲後，
仍僅止於距離
媽媽身邊幾公尺的
範圍內活動。

猩寶隔著女人的
肩膀往外瞧，對眼前
這樣一個嘈雜、刺眼
和陌生的人類世界感
到厭惡，心裡忍不住
惦念起族裡其他成
員，說不定他們還在

綠蔭滿布的叢林裡嗑著美味的種子。猩寶肚子餓壞了，喉嚨又乾又癢，到現在還沒進食。在叢林時，她總能在吃喝中度過一天。她的肚子開始咕嚕作響，但人類似乎沒有注意到。

黑猩猩和人類的DNA高達98%的相近度，兩者都具有高度的學習能力，會使用工具，並且能將傳統傳承給下一代。黑猩猩和人類一樣懂得欺騙和作戰的技巧。

Anna Kucherova/Shutterstock.com

黑猩猩肚子餓時，
會做出噘嘴的特殊表
情，並輕輕發出嗚嗚
聲來乞討食物。

餐廳老闆娘付了一些錢給賣寵物的攤販後,便把猩寶再度塞回布袋裡。相隔幾個攤位處還有販賣更多非法商品,有用在傳統藥材的犀牛角、裝飾用的象牙墜子、花豹皮、斷了氣的烏龜,在桌子的角落還擺著一雙黑猩猩的手掌,用來當作菸灰缸販售。

黑猩猩的手部由四根細長的手指和一根短拇指所組成,腳上亦有如拇指的構造,方便牠們靈活抓東西。

第 四 章

　　猩寶從市集被帶進一家餐廳。這裡散發著截然不同的
氣味，熙攘的人群已不復見，但放眼望去建築物林立。此
刻一個男人走過來，緊緊抓住猩寶的雙臂，好讓那女人在
她脖子上栓上繩索。

　　繩子綁緊後，他們便將猩寶關進籠內。籠子的鐵條早
已生鏽，她的腳下是硬梆梆的灰色水泥地。籠裡的狹窄空
間只能讓猩寶勉強站立。她坐下來，開始拉扯脖子上的繩
索。男人坐在幾公尺處看著她，在意會到她試圖扯開繩子
的當下，立刻朝她大聲斥喝。一看到她進一步想用嘴咬斷
繩子的舉動，他開始大發雷霆，拿著一塊石頭便往她身上

砸。猩寶被狠狠擊中肩膀，忍著痛低聲嗚咽起來。

　　中午時分，猩寶待在炙熱的艷陽下，四周毫無樹蔭遮蔽，全身骨頭跟著痠痛起來。以前在叢林中，一旦遇到毒辣的烈日，猩寶的媽媽總會爬到樹蔭下乘涼。但現在被關在籠裡的猩寶，想躲也無處可躲。她又餓又渴，身體虛弱不堪，在飽受驚嚇中漸漸睡去。

　　數小時過後，她被一個人類搖醒。抬頭一看正是朝她砸石頭的男人。此時四周已一片漆黑。在叢林裡，只要一到夜晚，她總是能依偎在媽媽毛茸茸的懷裡安然入睡。窩在樹上睡覺讓她可以避開如鬣狗等夜行性侵略者的襲擊，也少了蟲子的叮咬，而且比地面暖和多了。

　　人類世界的夜晚卻是越夜越喧嘩，處處可見走動的人潮。朝她丟石頭的男人把她從籠裡拉出來抱在懷裡，沿著熱鬧的街道邊走邊叫喊。如果有人停下腳步，他便會將猩寶塞進他們的懷裡。她深怕自己會被甩到地上，只好緊緊環抱住人類的脖子。此一出於恐懼的反應常常讓人們誤以為她喜歡與人擁抱。有時候他們會抱抱她，摸摸她的頭，

有時候也會戳她、搔她癢或拔她的毛髮。女人們則是常大刺刺盯著她那滿布驚恐的大眼睛，在她耳邊尖聲叫嚷。強烈的閃光幾乎隨時隨地打在她身上。

那是來自相機的閃光燈。每天晚上，猩寶的工作就是和一群又一群的遊客拍照。朝她砸石頭的男人靠著黑猩猩

黑猩猩和人類一樣具有分辨紅、綠、藍的三色視覺，讓牠們有能力辨別水果是否已經到了可以食用的成熟度。

寶寶和人拍照賺取大把鈔票。雖然向遊客兜售和猩猩寶寶拍照是違法行為，但在當地幾乎毫無公權力可言。

他們時常走進人潮擁擠的街區，空氣中瀰漫著濃濃的菸味，伴隨著音樂與哼唱聲中，人們講起話來似乎特別大聲，看上去一臉暴躁，呼出的口氣中帶著一股莫名的酸味，兩眼通紅迷茫。

猩寶害怕時，會咧著嘴看人，做出所謂的「恐懼鬼臉」的表情。通常人類會投以同樣的表情回應，並大聲喊道：「你們看，她在笑！」最讓猩寶膽戰心驚的是當人類拍手的當下。野生黑猩猩只有在試圖嚇退其他黑猩猩時，才會作出拍手的挑釁舉動。只要看到人類一鼓掌，猩寶便忍不住拔腿想逃，但那朝她砸石頭的男人會一把勒住她的脖子猛搖她的身體，或敲打她的頭。

到了深夜，猩寶才又被丟回籠裡，孤獨地待到翌日晚上。她試著入睡，但在經過一番噪音轟炸，雙眼被閃光燈摧殘之下，讓她遲遲無法入眠。一大清早的太陽已經酷熱難耐，她就這樣又渴又餓地在烈日下曝曬一整天。有時那

餐廳女老闆會丟一些飯給她。雖然猩寶不怎麼喜歡那味道，但餓壞的她還是忍不住狼吞虎嚥起來。她常常感到口乾舌燥。好不容易熬到了下雨的時刻，猩寶會試著用手接雨水飲用。她那被雨水淋得濕漉漉的濃密毛髮剛好可以供她一整天吸吮水分之用。

有些人會將黑猩猩的「恐懼鬼臉」誤認為是笑臉。其實那是黑猩猩很害怕時才會出現的表情。黑猩猩在做「恐懼鬼臉」時會張大嘴巴，露出上下排牙齒。在放鬆和玩心大開時，則會出現上唇蓋住上排牙齒，下唇隨興往下拉，露出下排牙齒的「嬉戲表情」。

猩寶雖疲倦不已，但一整天總有好奇的路人在籠外徘徊，讓她不勝其擾。有一次，一群野孩子甚至將棍子伸進籠裡揍她。日復一日，她漸漸陷入精神崩潰的狀態。

她的生活總是千篇一律。每晚，他們會步行至街區巷弄，人類會朝她的眼睛狂按閃光燈。每天，她必須在豔陽中想辦法入睡。她日漸消瘦，脫水狀況愈來愈嚴重。沒多久，猩寶幾乎連抬起頭的力氣都沒有。

黑猩猩有時會從樹洞裡找水喝，特別是在旱季來臨時。為了解決無法直接用嘴巴喝到水的窘境，黑猩猩發明了一個聰明的妙招。牠們會利用海綿吸水的原理，將青苔或嚼爛的樹葉放進樹洞裡達到吸取水分的目的。

漸漸地，猩寶已經忘了如何當一隻黑猩猩。黑猩猩的幼兒階段相當關鍵。在這短短幾年內牠們必須學習和其他黑猩猩互動，以及學會在叢林生活的各種技能。猩寶對叢林家園的聲音和氣味逐漸不復記憶，取而代之的是人類城市中的腥臭與喧囂。

知識
小檔案

淪為人類拍照工具的動物們
通常會被注射藥物或灌酒來
保持清醒。用來注射藥物的針頭很容
易感染如肝炎等危險疾病。

第 五 章

　　在歷經數個月的悲慘生活後，猩寶再也不抱任何希望，對人類拍照的舉動也逐漸變得麻木。她在籠內磨著牙，身體不停前後搖晃著，就這樣過了一整天。更糟的是，惱人的頭痛無時無刻糾纏著她，她的肚子似乎也總是處於發疼狀態。

　　餐廳的常客對猩寶的存在早就習以為常，已很少會多瞧她一眼。猩寶認不得每個人的臉孔，因此當一位面容和善的陌生客人來訪時，她同樣毫無所覺。那客人察覺到猩寶在籠裡牙齒狂打顫，身體頻頻晃動，為了躲避烈日的曝曬，只能蜷縮在角落。看到如此美麗溫馴的動物竟遭受禁

被囚禁的黑猩猩在長期
被迫灌酒的情況下，常因
而引發肝臟病變。

錮鐵籠的殘忍對待，讓她頓時氣憤不已。她很清楚救援行
動刻不容緩。所幸這位女客人知道鄰近杜阿拉有座知名的
「林貝野生動物中心（Limbe Wildlife Centre）」專門收
容和照顧被救援出的靈長類動物。為了改善猩寶的處境，
她打了通電話詢問中心是否能提供協助。

「林貝野生動物中心」旋即致電給「最後大猿組織（Last Great Ape Organisation）」，請託他們即刻展開救援行動。爲了救出黑猩猩，組織必須先取得猩猩被囚禁的證據。於是他們派出了超級調查員吉恩・皮耶（Jean Pierre）前往餐廳附近一探究竟。吉恩・皮耶一到達，果

「林貝野生
動物中心（Limbe
　Wildlife Centre）」
　　自二〇〇四年起即爲
　　　生而自由基金會
　　　贊助的對象。

然看到猩寶一如既往坐在門口的鐵籠裡，忍受著熾熱豔陽的無情曝曬。吉恩‧皮耶當下即有一定得盡快救出猩寶的念頭。

拯救黑猩猩並非易事，必須有縝密的計劃，同時得填妥一堆繁複的文件。吉恩‧皮耶召集了一批野生動物保護部門的官員進行準備工作，包括救援車及允許官員查扣猩寶的「任務命令」官方文件等。

　　二○一四年，一月十七日，吉恩‧皮耶偕同「林貝野生動物中心」人員及野生動物保護部門官員們一行人浩浩蕩蕩抵達餐廳。雖然一路舟車勞頓，但此刻眾人無不蓄勢待發，心裡都很清楚現在正是背水一戰的重要時刻。

　　吉恩‧皮耶走在前頭。當他接近餐廳門口，心裡頓時一沉，立刻感覺事有蹊蹺。平時擺在餐廳門口的籠子竟不翼而飛，猩寶也已不見蹤影，這肯定是團隊裡的某個官員跟餐廳老闆暗中通風報信。

　　吉恩‧皮耶請野生動物保護部門的官員們在車上稍候，讓他先進去了解一下狀況。他一進門一眼便認出了朝猩寶丟擲石頭的男人，立刻上前詢問猩寶的去向。男人說他把猩寶藏在餐廳後方，如果吉恩去買點水果給猩寶，他就讓他看看她。

當吉恩‧皮耶拎著一串成熟的香蕉回來時，猩寶也被牽到了餐廳前。眼看她餓得一把從吉恩‧皮耶的手裡抓起一根香蕉。就在此刻，野生動物保護部門的官員們冷不防一擁而上，開始盤查那男人。猩寶被這鬧哄哄的場面給搞糊塗了，雖然隱約知道事情不太尋常，但卻沒料到自己的命運即將從此翻轉。

喀麥隆自一九九四年起已將販賣瀕臨絕種動物列為違法行為。

執法人員將猩寶從餐廳帶到停車處，餵她喝點水後，接著將她安置在舒適乾淨的貨櫃裡。這些人舉止和善，對她說起話更是輕聲細語。猩寶一路被載往林貝野生動物中心，裡面收容了狒狒、大猩猩和黑猩猩等十五種各式各樣的靈長類動物。雖然猩寶已脫離險境，但這僅是她復原之路的第一步。

第 六 章

　　即便運送過程一帆風順，貨櫃內亦鋪上了柔軟的毛毯，但猩寶仍舊驚恐不安，完全搞不清楚將被帶往何處，只知道一旦有人類的地方便是災難的開始。在抵達中心後，工作人員打開貨櫃，看到的便是瞪大眼睛、滿臉驚嚇的猩寶。

　　他們輕輕將猩寶從櫃子裡移到一棟乾淨寬敞的建築內。這些人類看起來似乎有所不同，但她還是害怕不已，頻頻發出恐懼的嚎叫聲。最後她被帶進一間瀰漫藥水味的白色房間，只見裡面的人全都是一副藍色手套及白口罩的裝扮。

猩寶病情嚴重，幸好獸醫團隊知道如何幫助她。首先，他們需要爲她做全身健康檢查，並以最溫和的方式檢查——替她全身麻醉，讓她在睡夢中完成所有檢查。

　　一名戴口罩的人類餵猩寶吃了一些藥，讓她安穩地沉沉睡去。在麻藥生效後，獸醫群趕緊檢查猩寶的口腔、測心跳、抽血、量體溫、身高體重，接著幫她洗澡，並用毛

動物的牙齒是判斷年紀最好的依據。大多數的哺乳動物都會經過乳牙階段，接著才會脫換成恆齒。恆齒會隨著年齡依特定的順序生長。黑猩猩通常在一歲後才會長出尖銳的犬齒。

巾擦乾她。依她的牙齒和體型看來，醫師判斷她大概一歲左右。

　　他們發現她因感染而出現高燒的症狀，合併嚴重脫水和肝腫脹等問題。他們為她補充一些水分讓她舒服些，並且幫她打了退燒劑，接著替她接種疫苗，以預防往後感染重大疾病的風險。

野生黑猩猩藉著從旁觀察母親吃東西，學習分辨叢林裡哪些樹葉和水果具食用價值。猩猩寶寶在斷奶後，即會開始模仿母親的飲食模式。

獸醫們將健康檢查完後的猩寶移到柔軟的毛毯堆上，慢慢等她甦醒。猩寶緩緩睜開眼醒過來，露出一臉茫然，渾然不知自己身處何處，只覺得自己的毛髮變乾淨，頭痛也消失了，但是又累又餓。過沒多久，團隊成員便帶了一些食物過來，竟然是叢林的新鮮樹葉和種籽，真是豐盛的一餐！這和在囚禁期間只能吃人類的殘羹剩飯，偶爾才嚐到香蕉的待遇相比簡直天差地遠。猩寶滿是感激地吃完眼前的食物。

　　猩寶必須在林貝野生動物中心的隔離區待上九十天，以觀察她是否帶有任何危害其他靈長類動物的傳染疾病。此期間經團隊的悉心照料，同時接受肝病和感染治療後，她的身體逐漸康復。在飲食方面也更加天然健康。

　　雖然猩寶對人類還是帶著恐懼，但工作人員們對她始終和顏悅色，無微不至地照顧著她。他們除了每天餵她吃新鮮的食物外，還會試著跟她玩。他們會把諸如蜂蜜的美食藏進空樹幹裡，並教導她用手指挖出食物的訣竅。猩寶一開始總是默默躲在籠子的角落，吭也不吭一聲。第一個

「隔離」
指的是當動物
來到新環境時，必
須和其他動物隔絕一段
時間，以避免將身上可能帶
原的傳染病傳染給其他動物。黑
猩猩的隔離措施格外重
要，因為猩猩能直接
傳染疾病給人類。

月時，在陌生環境和過往受虐的陰影下，她仍會不自覺出現身體前後搖晃的舉動。但漸漸地，猩寶開始對周遭的人類產生信任感。

在隔離兩個月後的某一天，猩寶忽然鼓起勇氣坐在前來陪她玩的人類身旁，並允許他摸摸她的手臂。她的信賴感正在逐漸建立中。

第七章

　　經過了三個月的隔離檢疫後，猩寶的氣色大幅好轉，看上去身強體壯，眼睛炯炯有神充滿活力。餵食時間一到，也不再靜靜躲在籠子角落，反而是興奮地對著食物大叫。所幸猩寶在隔離檢疫期間並沒有出現傳染病的徵兆，已經可以準備進入下個階段。

　　在隔離期滿的最後一個早上，猩寶一頭鑽進送餐工作人員的懷裡。她現在已經不再那麼懼怕人類，反而很喜歡黏在中心員工身邊。今天他們帶著從未踏出隔離區一步的猩寶走到豔陽高照的戶外。她開始緊張地環顧四周。

　　當他們一步步接近樹林，熟悉的景物和聲響開始引起

猩寶的注意。她抬起頭，枝頭上的涼蔭遮蔽了暑氣，令人心曠神怡。這就是她以前和母親每晚爬上爬下、築睡巢、相擁入眠的熟悉林子。她嗅嗅空氣，溫暖中帶著泥土的芬芳。頭頂上鳥兒的啼叫聲清脆響亮。

　　她看看四周的樹木和植物，試著回想哪種樹的果實美味，哪種樹的果子苦澀，以及哪種樹蔭最涼快。過了好一會兒，她才瞥見坐在林蔭下三個駝背的身影。她似乎被眼前的這一幕給震撼住，那毛茸茸的黑色身軀她再熟悉不過，他們是她的黑猩猩同類。

　　工作人員把猩寶留在原地和其他黑猩猩共處後，便先

行離去。脫離叢林許久的猩寶早已忘了該如何和同類互動，只是默默地躲在角落，望著其他黑猩猩嬉鬧成一團、在地上滾來滾去、在園區的攀爬架上盪來盪去。他們有時會跑來猩寶身旁，但猩寶總是刻意迴避。

園區裡的黑猩猩全是被搶救出的孤兒。現在的牠們可以自在地打成一片，乍看之下和叢林的野生黑猩猩無異，很難相信牠們也曾經一度失去身為黑猩猩的本能。黑猩猩們在玩了一整個上午後，工作人員帶了一些寇拉果來。只

黑猩猩具有強烈的社交天性，
非常仰賴群體的保護和支援，
因此社交技巧尤其重要。

知識
小檔案

見他們手腳俐落地拿起石頭敲碎果子，取出裡面的果肉，架式和以前在叢林的同伴們如出一轍。

　　最靠近猩寶的黑猩猩叫比莉（Billy），在拿起石塊敲碎果實的同時，順便瞄了猩寶一眼。比莉過往的遭遇比猩寶還悽慘。她曾被囚禁起來，飽受極盡飢餓之苦，唯一陪伴她的是一隻小幼犬。比莉被送到林貝中心之初，不僅下顎斷裂，身上還感染了病毒。

不同族群的黑猩猩使用工具的方式皆不同。每個族群都有特定的工具和使用的方式。年幼的黑猩猩則藉由觀察母親和族群裡的其他成員，學習工具使用的技巧。

知識小檔案

如今比莉恢復情況良好，也已學會了如何和其他黑猩猩相處，雖然對公猩猩心存畏懼，但很喜歡和年幼的母猩猩交朋友。

雖察覺到比莉在看她，但猩寶卻不敢直視她。比莉其實只是出於善意，想要歡迎猩寶加入由夫人、洛洛、嘉、亞繽和比莉五隻黑猩猩所組成的幼兒園行列。

她們之所以被送到林貝野生動物中心，全和猩寶有著

母猩猩
在原生族群裡
待了十年左右，
便會出走到另一
個新群體。公黑猩猩則會一輩子
待在原生的族群裡生活。

知識
小檔案

相似的遭遇。亞繽曾被緊緊用鎖鍊栓在牆邊長達兩年的時間。身心重創的她初到中心時，完全無法正常生活，終日身體不斷前後搖晃。洛洛和嘉則有著歷經槍傷、家族成員被殺害殆盡的悲慘遭遇。而夫人的手腕受損嚴重，已喪失原有的功能。猩寶從來沒有實地學習過和其他黑猩猩交朋友的經驗，比莉親近的舉動讓她感到不知所措。眼看著比莉踏過沙沙的草地，緩緩朝她走來，猩寶低聲號叫，不由地開始退縮。

　　猩寶需要一段時間建立起對其他黑猩猩的信任感。她的童年大半在孤獨和悲慘中度過，有將近一年的時間沒有和同類打過照面。在尚未真正融入群體之前，猩寶只有白天會待在黑猩猩幼兒園，晚上則回到讓她感到心安的隔離區裡。

　　漸漸地，猩寶對前往幼兒園愈來愈充滿期待。她會熱切地看著其他黑猩猩，傾聽她們的呼喚，同時模仿她們的表情。比莉每日循序漸進，一步步慢慢接近猩寶，試著和她互動。

某個夏日傍晚，當太陽漸漸沒入天際時，猩寶終於允許比莉靠近她，戰戰兢兢地轉過身去，讓比莉溫柔地在她皮毛間翻找蒼蠅和其他蟲子的蹤跡。被梳理的感覺是如此熟悉，一切彷彿又回到了和家族在叢林生活的時光。比莉在猩寶的皮毛裡一發現蟲子，便會俐落地捏起來塞進軟綿綿的嘴裡，接著心滿意足地哼一聲。猩寶閉起眼睛，享受著樹蔭下的舒爽涼意和頂上太陽鳥的啼鳴聲。她對過往的日子逐漸開始有了記憶。

第八章

　　旱季一到，持續飆漲的氣溫炙烤著喀麥隆的每一寸土地。強風高高揚起荒漠的沙塵，大地籠罩在一片赤色蒼茫之中。

　　幸好林貝野生動物中心的工作人員幫園裡的動物們在池裡注滿清涼的水。若你是旱季到林貝參觀，肯定會在那裡找到猩寶！她總是在幼兒園的水池裡大玩潑水遊戲，跳進跳出，玩得不亦樂乎。

　　六隻黑猩猩孤兒儼然成了一個小家族。猩寶也變成她們的新寵兒，很快成了全場矚目的焦點。亞繽和比莉喜歡帶著她四處逛，幫她梳理及安撫她的情緒。猩寶雖然也常

她喜歡在水裡玩，特別是烈日當頭的酷熱午後。她現在已經全天候住在幼兒園。

哈瑪丹風
（Harmattan）
是從撒哈拉沙漠
吹向西非的信風，
其中夾帶著大
量的沙塵。

和嘉、洛洛和夫人玩在一塊兒，不過她的個性非常獨立！
只要看到食物一送到，她就會奮不顧身衝過去，一馬當先
把樹葉和水果搶到手。寇拉果依舊是她最愛的美食。在新
同伴們的幫助下，她開始漸漸地學會敲碎果子的訣竅。

黑猩猩和人類一樣，
長相各不同。

猩寶永遠沒有被野放回叢林的一天。大量濫砍樹木已經嚴重危害到她的自然棲地，要為被救援出的黑猩猩再覓到一塊野生棲地簡直難如登天。

　　更何況猩寶已經錯失了在母親或親族身邊學習技能的關鍵階段，根本不懂得如何躲避掠食者、如何築睡窩、如何分辨食物的食用性等技巧，因此在野外根本無法生存。猩寶在被囚禁期間患上的肝病，也可能需要一輩子接受追

知識小檔案

在世界各地，平均每分鐘就有約「二十座足球場」大的森林面積被砍伐。

蹤。所幸在「最後大猿組織」、「林貝野生動物中心」和**生而自由基金會**的努力下，猩寶得以有一個新家，一生有同伴相伴，食物不虞匱乏，同時能接受妥善的醫療照顧，過著安全無虞的生活。

傍晚時分，當紅通通的大太陽隱入沙塵迷霧之中，猩寶跳出水池，攀上掛在樹間的吊床，並擺手示意比莉一起過來，在夜裡彼此相伴。

夜幕低垂，在鳥兒的啼聲中，猩寶緊緊地依偎在新同伴的懷裡，幸福地沉沉睡去。

野生大猿

黑猩猩（Chimpanzee）與侏儒黑猩猩（Bonobo）

黑猩猩與侏儒黑猩猩是在生物結構和行為模式上最接近人類的動物，擁有複雜的社交關係和細膩的溝通系統。

關於黑猩猩：

估計數量：
　　150,000 ～ 250,000

分布於非洲赤道一帶

數量狀態：瀕臨絕種

關於侏儒黑猩猩：

估計數量：30,000-50,000

分布於剛果民主共和國境內

數量狀態：瀕臨絕種

造成黑猩猩與侏儒黑猩猩瀕臨絕種的原因

獵殺是黑猩猩和侏儒黑猩猩的一大威脅之一。被當成叢林肉販賣、猩猩寶寶被淪為寵物兜售、將猩猩的身體部位製成紀念品，以及用於傳統藥材等諸多原因讓牠們成為盜獵者下手的目標。樹木濫砍濫伐亦是一大問題。伐木不僅威脅到黑猩猩及侏儒黑猩猩的棲息空間，也讓盜獵者能更輕易深入叢林。為了將木材運出森林，勢必會鋪設新道路，也開啓盜獵者挺進叢林深處的機會。

紅毛猩猩 (ORANGUTAN)

這些分布在東南亞的橘色大猿喜歡棲息在高高的樹上，幾乎很少在地面活動。紅毛猩猩是大型猿類中最獨來獨行的，具獨居的特性，只有在交配時才會和其他紅毛猩猩接觸。

Gabriela Insuratelu/Shutterstock.com

關於婆羅洲紅毛猩猩：

婆羅洲紅毛猩猩估計數量：50,000

分布於婆羅洲、印尼、馬來西亞

數量狀態：瀕臨絕種

關於蘇門答臘紅毛猩猩：

蘇門答臘紅毛猩猩估計數量：7,300

分布於印尼蘇門答臘

數量狀態：極度瀕臨絕種

Denys Kutsevalov/Shutterstock.com

造成野生紅毛猩猩瀕臨絕種的原因

野生紅毛猩猩所面臨的最大威脅是自然棲地變成一片片的棕櫚田。我們一半的日常生活用品都可以看到棕櫚油的蹤跡，由此可見其使用廣泛。野生叢林涵蓋了許多植物和樹木的物種，具有利於各種動物生存的條件。當一個地區只有單一植物生長時（如棕櫚），將危害到物種的多樣性。不僅棕櫚園威脅到紅毛猩猩的棲息地，農主看見啃食作物的紅毛猩猩時，通常會射殺或將牠們火燒處理。盜獵者更不惜殺害紅毛猩猩，擄走身邊年幼的猩猩寶寶，進行寵物交易的勾當。

大猩猩（GORILLA）

大猩猩在大猿類中體型最大，一隻公猩猩可重達200公斤！母猩猩通常只有公猩猩一半的體重。其族群龐大，裡面通常包含數隻母猩猩和一隻銀背公猩猩。牠們以樹葉為主食，大部分的時間都在吃睡中度過。

Jurgen Vogt/Shutterstock.com

關於西部低地大猩猩：

西部低地大猩猩估計數量：可能少於 95,000

分布於中非

數量狀態：極度瀕臨絕種

關於東部低地大猩猩：

東部低地大猩猩估計數量：不詳，少於 4,000

分布於剛果民主共和國東部

數量狀態：瀕臨絕種

關於克羅斯河大猩猩：

克羅斯河大猩猩估計數量：250-300

分布於奈及利亞／喀麥隆邊界

數量狀態：極度瀕臨絕種

關於山地大猩猩：

山地大猩猩估計數量：880

分布於維龍加火山（Virunga Volcano）地區、
布恩迪國家公園（Bwindi National Park）

數量狀態：極度瀕臨絕種

造成大猩猩瀕臨絕種的原因

伐木、採礦及油田開採大肆破壞了大猩猩的棲
地。這些工業活動便於盜獵者深入大猩猩的地
盤，因而導致散播毀滅性疾病。特別是大猩猩
的瀕危被高度懷疑和伊波拉病毒侵害有關。當
大猩猩族群一旦感染到伊波拉病毒，裡面高達
95% 的大猩猩將很可能因此喪命。獵取叢林
肉、將大猩猩身體部位製成藥材或寵物幸運物
也是造成大猩猩淪為被獵殺命運的原因。

即 將 出 版

拯救花豹

莎拉‧史塔巴克（Sara Starbuck）◎著
羅金純◎譯

洛珊妮和瑞亞這對花豹姊妹，雖然被取了個希臘女神般氣勢磅礴的名字，卻只能困在環境惡劣的動物園裡。救援小組將她們轉移到南非，花豹們終於可以仰望天空，享受微風輕拂。有了一個永遠擺脫囚禁悲劇的自由世界。

拯救老虎

潔西‧弗倫斯（Jess French）◎著
高子梅◎譯

本該是威風凜凜地走在叢林的老虎，五個月大的洛基卻是吃著狗食，被關在籠子裡等候出售。所幸救援小組將他救出，並將他送往接近棲息地的環境。這段旅程的終點不再充滿茫然，而是為了更美好的未來。

拯救大熊

路易莎‧里曼（Louisa Leaman）◎著
高子梅◎譯

天災人禍使得三頭小熊變成孤兒，失去媽媽的小熊難以存活，她們只能翻著發臭的垃圾堆，尋找食物碎屑。得到救助的小熊儘管不能野放，但以往痛苦的記憶終將消失。不管未來如何，但我們知道這三頭小熊已經重生了。

蘋果文庫 112

拯救猩猩
Chimp Rescue

作者｜潔西・弗倫斯（Jess French）
譯者｜羅金純

責任編輯｜陳品蓉
封面設計｜伍迺儀
美術設計｜黃偵瑜
文字校對｜陳品璇、吳怡萱

創辦人｜陳銘民
發行所｜晨星出版有限公司
行政院新聞局局版台業字第2500號
總經銷｜知己圖書股份有限公司
地址｜台北　106台北市大安區辛亥路一段30號9樓
TEL：(02)23672044／23672047　FAX：(02)23635741
台中　407台中市西屯區工業30路1號1樓
TEL：(04)23595819　FAX：(04)23595493
E-mail｜service@morningstar.com.tw
晨星網路書店｜www.morningstar.com.tw
法律顧問｜陳思成律師
郵政劃撥｜15060393（知己圖書股份有限公司）
讀者專線｜04-2359-5819#230

印刷｜上好印刷股份有限公司

出版日期｜2018年10月1日
定價｜新台幣230元

國家圖書館出版品預行編目資料

拯救猩猩／潔西‧弗倫斯（Jess French）著；羅金純譯.
-- 臺中市：晨星，2018.10
　　面；　公分. --（生而自由系列）（蘋果文庫；112）

譯自：Chimp Rescue

ISBN　978-986-443-502-9（平裝）

873.59　　　　　　　　　　　　　　107013713

生而自由系列

拯救猩猩

立即加入會員

1. 掃描「線上填寫」QR Code，立即獲得價值50元購書優惠卷！
2. 拍照本回函資料，加入官方Line@，再以Line傳送，或是傳至官方FB粉絲團。

QR Code
「線上填寫」

Line QR Code
「官方line@」

FB QR Code
「官方FB粉絲團」

蘋果文庫 悄悄話回函

親愛的大小朋友：

感謝您購買晨星出版蘋果文庫的書籍。歡迎您閱讀完本書後，寫下想對編輯部說的悄悄話，可以是您的閱讀心得，也可以是您的插畫作品喔！將會刊登於專刊或FACEBOOK上。可將本回函拍照上傳至FB。

★購買的書是：<u>生而自由系列：拯救猩猩</u>

★姓名：_____　★性別：□男 □女　★生日：西元___年___月___日

★電話：_____　★e-mail：_____

★地址：□□□ _____ 縣／市 _____ 鄉／鎮／市／區
　　　　　_____ 路／街 ___ 段 ___ 巷 ___ 弄 ___ 號 ___ 樓／室

★職業：□學生／就讀學校：_____　　□老師／任教學校：_____
　　　　□服務 □製造 □科技 □軍公教 □金融 □傳播 □其他 _____

★怎麼知道這本書的呢？
　　□老師買的 □父母買的 □自己買的 □其他 _____

★希望晨星能出版哪些青少年書籍：（複選）
　　□奇幻冒險 □勵志故事 □幽默故事 □推理故事 □藝術人文
　　□中外經典名著 □自然科學與環境教育 □漫畫 □其他 _____

★請寫下感想或意見